O Pequeno Príncipe

Creio que ele se aproveitou de uma migração de pássaros selvagens para fugir.

ANTOINE DE SAINT-EXUPÉRY

O Pequeno Príncipe

com aquarelas do autor

Tradução de
DOM MARCOS BARBOSA

Título original: Le Petit Prince

Copyright da tradução e da edição © by HarperCollins Brasil, um selo da
CASA DOS LIVROS EDITORA LTDA.

Revisão
André Marinho
Taís Monteiro

CIP-BRASIL. CATALOGAÇÃO NA FONTE
SINDICATO NACIONAL DOS EDITORES DE LIVROS, RJ

S144p

Saint-Exupéry, Antoine de, 1900-1944

O pequeno príncipe / Antoine de Saint-Exupéry ; tradução Dom Marcos Barbosa. - 1. ed. - Rio de Janeiro : Harper Collins, 2018.

96 p. : il.

Tradução de: Le petit prince
"Com aquarelas do autor"
ISBN 9788595081529

1. Fábula francesa. 2. Ficção francesa. I. Barbosa, Dom Marcos. II. Título.

18-50642
CDD: 843
CDU: 82-342(44)

Meri Gleice Rodrigues de Souza - Bibliotecária CRB-7/6439

Rua da Quitanda, 86, sala 601A – Centro – 20091-005
Rio de Janeiro – RJ – Brasil
Tel.: (21) 3175-1030

A Léon Werth

    Peço perdão às crianças por dedicar este livro a uma pessoa grande. Tenho um bom motivo: essa pessoa grande é o melhor amigo que possuo. Tenho um outro motivo: essa pessoa grande é capaz de compreender todas as coisas, até mesmo os livros de criança. Tenho ainda um terceiro motivo: essa pessoa grande mora na França e ela tem fome e frio. Ela precisa de consolo. Se todos esses motivos não bastam, eu dedico então este livro à criança que essa pessoa grande já foi. Todas as pessoas grandes foram um dia crianças — mas poucas se lembram disso. Corrijo, portanto, a dedicatória:

A Léon Werth
quando ele era criança

I

Certa vez, quando tinha seis anos, vi num livro sobre a Floresta Virgem, *Histórias vividas*, uma impressionante gravura. Ela representava uma jiboia engolindo um animal. Eis a cópia do desenho.

Dizia o livro: "As jiboias engolem, sem mastigar, a presa inteira. Em seguida, não podem mover-se e dormem os seis meses da digestão."

Refleti muito sobre as aventuras da selva e fiz, com lápis de cor, o meu primeiro desenho. O meu desenho número 1. Ele era assim:

Mostrei minha obra-prima às pessoas grandes e perguntei se o meu desenho lhes dava medo.

Responderam-me: "Por que um chapéu daria medo?"

Meu desenho não representava um chapéu. Representava uma jiboia digerindo um elefante. Desenhei então o interior da jiboia, a fim de que as pessoas grandes pudessem entender melhor. Elas têm sempre necessidade de explicações detalhadas. Meu desenho número 2 era assim:

As pessoas grandes aconselharam-me a deixar de lado os desenhos de jiboias abertas ou fechadas e a dedicar-me de preferência à geografia, à história, à matemática, à gramática. Foi assim que abandonei, aos seis anos, uma promissora carreira de pintor. Fora desencorajado pelo insucesso do meu desenho número 1 e do meu desenho número 2. As pessoas grandes não compreendem nada sozinhas, e é cansativo, para as crianças, ficar toda hora explicando...

Tive então que escolher outra profissão e aprendi a pilotar aviões. Voei por quase todas as regiões do mundo. E a geografia, é claro, me ajudou muito. Sabia distinguir, num relance, a China e o Arizona. Isso é muito útil quando se está perdido na noite.

Desta forma, ao longo da vida, tive vários contatos com muita gente séria. Convivi com as pessoas grandes. Vi-as bem de perto. Isso não melhorou muito a minha antiga opinião.

Quando encontrava uma que me parecia um pouco esclarecida, fazia a experiência do meu desenho número 1, que sempre conservei comigo. Eu queria saber se ela era na verdade uma pessoa inteligente. Mas a resposta era sempre a mesma: "É um chapéu." Então eu não falava nem de jiboias, nem de florestas virgens, nem de estrelas. Colocava-me no seu nível. Falava de bridge, de golfe, de política, de gravatas. E a pessoa grande ficava encantada de conhecer um homem tão razoável.

II

Vivi, portanto, só, sem alguém com quem pudesse realmente conversar, até o dia em que uma pane obrigou-me a fazer um pouso de emergência no deserto do Saara, há cerca de seis anos. Alguma coisa se quebrara no motor. E como não trazia comigo nem mecânico nem passageiros, preparei-me para executar sozinho aquele difícil conserto. Era, para mim, questão de vida ou morte. A água que eu tinha para beber só dava para oito dias.

Na primeira noite adormeci sobre a areia, a quilômetros e quilômetros de qualquer terra habitada. Estava mais isolado que um náufrago num bote perdido no meio do oceano. Imaginem qual foi a minha surpresa quando, ao amanhecer, uma vozinha estranha me acordou. Dizia:

— Por favor... desenha-me um carneiro!
— O quê?
— Desenha-me um carneiro...

Levantei-me num salto, como se tivesse sido atingido por um raio. Esfreguei bem os olhos. Olhei ao meu redor. E vi aquele homenzinho extraordinário que me observava seriamente. Eis o melhor retrato que, passado algum tempo, consegui fazer dele. Meu desenho é, com certeza, muito menos sedutor que o modelo. Não tenho culpa. Fora desencorajado, aos seis anos, pelas pessoas grandes, da minha carreira de pintor, e só aprendera a desenhar jiboias abertas e fechadas.

Olhava para aquela aparição com olhos arregalados de espanto. Não esqueçam que eu me achava a quilômetros e quilômetros de qualquer região habitada. Ora, o meu pequeno visitante não me parecia nem perdido, nem morto de fadiga, nem morto de fome, de sede ou de medo. Não tinha absolutamente a aparência de uma criança perdida no deserto, a quilômetros e quilômetros de qualquer região habitada. Quando finalmente consegui falar, perguntei-lhe:

— Mas... que fazes aqui?

E ele repetiu então, lentamente, como se estivesse dizendo algo muito sério:

— Por favor... desenha-me um carneiro...

Quando o mistério é impressionante demais, a gente não ousa desobedecer. Por mais absurdo que aquilo me parecesse a quilômetros e quilômetros de todos os lugares habitados e com a vida em perigo, tirei do bolso uma folha de papel e uma caneta. Mas lembrei-me, então, de que eu havia estudado principalmente geografia, história, matemática e gramática, e disse ao pequeno visitante (com um pouco de mau humor) que eu não sabia desenhar. Respondeu-me:

— Não tem importância. Desenha-me um carneiro.

Eis o melhor retrato que, passado algum tempo, consegui fazer dele.

Como jamais houvesse desenhado um carneiro, refiz para ele um dos dois únicos desenhos que sabia: o da jiboia fechada. E fiquei surpreso ao ouvir o garoto replicar:

— Não! Não! Eu não quero um elefante numa jiboia. A jiboia é perigosa e o elefante toma muito espaço. Tudo é pequeno onde eu moro. Preciso é de um carneiro. Desenha-me um carneiro.

Então eu desenhei.

Ele olhou atentamente e disse:

— Não! Esse já está muito doente. Desenha outro.

Desenhei de novo.

Meu amigo sorriu, paciente:

— Bem vês que isso não é um carneiro. É um bode... Olha os chifres...

Fiz mais uma vez o desenho.

Mas ele foi recusado como os anteriores:

— Esse aí é muito velho. Quero um carneiro que viva muito tempo.

Então, perdendo a paciência, e como tinha pressa em desmontar o motor, rabisquei o seguinte desenho.

E arrisquei:

— Esta é a caixa. O carneiro que queres está aí dentro.

E fiquei surpreso ao ver iluminar-se a face do meu pequeno juiz:

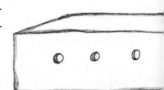

— Era assim mesmo que eu queria! Será preciso muito capim para esse carneiro?

— Por quê?

— Porque é muito pequeno onde eu moro...

— Qualquer coisa chega. Eu te dei somente um carneirinho!

Inclinou a cabeça sobre o desenho:

— Não é tão pequeno assim... Olha! Ele adormeceu...

E foi assim que conheci, um dia, o pequeno príncipe.

III

Levei algum tempo para entender de onde ele viera. O principezinho, que me fazia milhares de perguntas, parecia nunca escutar as minhas. Palavras pronunciadas ao acaso é que foram, pouco a pouco, revelando sua história. Assim, quando viu pela primeira vez meu avião (não vou desenhá-lo aqui, pois acho muito complicado), perguntou-me:

— Que coisa é aquela?

— Não é uma coisa. Aquilo voa. É um avião. O meu avião.

Eu estava orgulhoso de lhe dizer que eu voava.

Então ele perguntou, meio assustado:

— Como? Tu caíste do céu?

— Sim — respondi humildemente.

— Ah! Isso é engraçado!

E o pequeno príncipe deu uma bela risada, que me irritou profundamente. Gosto que levem a sério as minhas desgraças. Em seguida, acrescentou:

— Então tu também vens do céu! De que planeta tu és?

Vislumbrei um clarão no mistério da sua origem, e perguntei repentinamente:

— Tu vens, então, de outro planeta?

Mas ele não me respondeu. Balançava lentamente a cabeça observando o meu avião:

— É verdade que, nisto aí, não podes ter vindo de muito longe...

Mergulhou então num pensamento que durou algum tempo. Depois, tirando do bolso o meu carneiro, ficou contemplando o seu tesouro.

Imaginem como eu ficara intrigado com aquela simples menção a "outros planetas". Esforcei-me, então, por saber um pouco mais.

— De onde vens, meu caro? Onde é tua casa? Para onde queres levar meu carneiro?

Ficou algum tempo em silêncio e depois respondeu:

— O bom é que a caixa que me deste poderá, à noite, servir de casa para ele.

— Sem dúvida. E, se tu fores um bom menino, te darei também uma corda para amarrá-lo durante o dia. E uma estaca para prendê-lo.

A proposta pareceu chocá-lo:

— Amarrar? Que ideia estranha!

— Mas, se tu não o amarrares, ele vai-se embora e se perde...

E meu amigo deu uma nova risada:

O principezinho sobre o asteroide B 612.

— Mas aonde pensas que ele vai?
— Não sei... Por aí... Andando sempre em frente.
Então o pequeno príncipe disse, muito sério:
— Não faz mal, é tão pequeno onde moro!
E depois, talvez com um pouco de tristeza, acrescentou ainda:
— Quando a gente anda sempre em frente, não pode mesmo ir longe...

IV

Eu aprendera, assim, uma segunda coisa, importantíssima: o seu planeta de origem era pouco maior que uma casa!

Para mim isso não era surpresa. Eu sabia que, além dos grandes planetas — Terra, Júpiter, Marte ou Vênus, aos quais se deram nomes —, há centenas e centenas de outros, por vezes tão pequenos que mal se veem no telescópio. Quando um astrônomo descobre um deles, dá-lhe por nome um número. Chama-o, por exemplo, "asteroide 325".

Tenho sérias razões para supor que o planeta de onde viera

o príncipe era o asteroide B 612. Esse asteroide só foi visto uma vez ao telescópio, em 1909, por um astrônomo turco.

Ele fizera, na época, uma grande demonstração da sua descoberta, num congresso internacional de astronomia. Mas ninguém lhe dera crédito, por causa das roupas típicas que usava. As pessoas grandes são assim.

Felizmente para a reputação do asteroide B 612, um ditador turco obrigou o povo, sob pena de morte, a vestir-se à moda europeia. O astrônomo repetiu sua demonstração em 1920, vestido numa elegante casaca. Então, dessa vez, todo mundo acreditou.

Se lhes dou esses detalhes sobre o asteroide B 612 e lhes confio o seu número, é por causa das pessoas grandes. Elas adoram os números. Quando a gente lhes fala de um novo amigo, as pessoas grandes jamais se interessam em saber como ele realmente é. Não perguntam nunca: "Qual é o som da sua voz? Quais os brinquedos que prefere? Será que ele coleciona borboletas?" Mas perguntam: "Qual é sua idade? Quantos irmãos ele tem? Quanto pesa? Quanto seu pai ganha?" Somente assim é que elas julgam conhecê-lo. Se dizemos às pessoas grandes: "Vi uma bela casa de tijolos cor-de-

-rosa, gerânios na janela, pombas no telhado...", elas não conseguem, de modo algum, fazer uma ideia da casa. É preciso dizer-lhes: "Vi uma casa de seiscentos mil reais." Então elas exclamam: "Que beleza!"

Assim, se a gente lhes disser: "A prova de que o principezinho existia é que ele era encantador, que ele ria, e que ele queria um carneiro. Quando alguém quer um carneiro, é porque existe", elas pouco se importarão, e nos chamarão de crianças! Mas se dissermos: "O planeta de onde ele vinha é o asteroide B 612", ficarão inteiramente convencidas e não amolarão com perguntas. Elas são assim mesmo. É preciso não lhes querer mal por isso. As crianças têm que ter muita paciência com as pessoas grandes.

Mas, com certeza, para nós, que compreendemos o significado da vida, os números não têm tanta importância! Gostaria de ter começado esta história como nos contos de fada. Gostaria de ter começado assim:

"Era uma vez um pequeno príncipe que habitava um planeta pouco maior que ele, e que precisava de um amigo..."

Para aqueles que compreendem a vida, isso pareceria, sem dúvida, muito mais verdadeiro. Não gosto que leiam meu livro superficialmente. Dá-me tanta tristeza narrar estas lembranças! Já faz seis anos que meu amigo se foi com seu carneiro. Se tento descrevê-lo aqui, é justamente porque não quero esquecê-lo. É triste esquecer um amigo. Nem todo mundo tem um amigo. E eu corro o risco de ficar como as pessoas grandes, que só se interessam por números. Foi por isso que comprei um estojo de aquarelas e alguns lápis. É difícil voltar a desenhar na minha idade, principalmente quando não se fez outra tentativa além das jiboias fechadas e abertas, aos seis anos! Experimentarei, é claro, fazer os retratos mais fiéis que puder. Mas não tenho muita certeza de conseguir. Um desenho parece passável; outro já é inteiramente diferente. Engano-me também no tamanho. Ora o principezinho está muito grande, ora pequeno demais. Hesito também quanto à cor de suas roupas. Vou arriscando, então, aqui e ali. Provavelmente esquecerei detalhes dos mais importantes. Peço que me perdoem. Meu amigo nunca dava explicações. Julgava-me talvez semelhante a ele. Mas, infelizmente, não sei ver carneiros através de caixas. Talvez eu seja um pouco como as pessoas grandes. Devo ter envelhecido.

V

A cada dia eu ficava sabendo mais alguma coisa do seu planeta, da partida, da viagem. Mas isso devagarzinho, ao acaso das informações colhidas de suas observações. Foi assim que vim a conhecer, no terceiro dia, o drama dos baobás.

Dessa vez, ainda, foi graças ao carneiro. Pois de repente o pequeno príncipe me perguntou, como se tivesse um sério problema:

— É verdade que os carneiros comem arbustos?
— Sim. É verdade.
— Ah! Que bom!

Não entendi imediatamente por que era tão importante que os carneiros comessem arbustos. Mas o pequeno príncipe acrescentou:

— Então eles comem também os baobás?

Expliquei ao principezinho que os baobás não são arbustos, mas árvores grandes como igrejas. E que, mesmo que ele levasse consigo toda uma manada de elefantes, eles não chegariam a destruir um único baobá.

A ideia de uma manada de elefantes fez o pequeno príncipe rir:

— Seria preciso colocar um em cima do outro...

Mas, sabiamente, observou em seguida:

— Os baobás, antes de crescerem, são pequenos.

— É verdade! Mas por que tu desejas que os carneiros comam os baobás pequenos?

— Ora! Vejamos! — respondeu-me, como se se tratasse de algo óbvio. E foi-me preciso um grande esforço para decifrar sozinho esse problema.

De fato, no planeta do pequeno príncipe havia, como em todos os outros planetas, ervas boas e más. Consequentemente, sementes boas, de ervas boas; e sementes más, de ervas más. Mas as sementes são invisíveis. Elas dormem nas entranhas da terra até que uma cisme de despertar. Então ela se espreguiça e lança, timidamente, para o sol, um inofensivo galhinho. Se for de roseira ou rabanete, podemos deixar que cresça à vontade. Mas quando

percebemos que se trata de uma planta ruim, é preciso que a arranquemos imediatamente. Ora, havia sementes terríveis no planeta do pequeno príncipe... as sementes de baobá. O solo do planeta estava infestado. E quando não se descobre que aquela plantinha é um baobá, nunca mais a gente consegue se livrar dela, pois suas raízes penetram o planeta todo, atravancando-o. E, se o planeta for pequeno e os baobás, numerosos, o planeta acaba rachando.

— É uma questão de disciplina — disse mais tarde o principezinho. — Quando a gente acaba a higiene matinal, começa a fazer com cuidado a higiene do planeta. É preciso que nos habituemos a arrancar regularmente os baobás logo que se diferenciem das roseiras, com as quais muito se parecem quando pequenos. É um trabalho sem graça, mas de fácil execução.

E um dia aconselhou-me a fazer um belo desenho para que as crianças do meu planeta tomassem consciência desse perigo.

— Se algum dia tiverem de viajar — explicou-me —, poderá ser útil para elas. Às vezes não há inconveniente em protelar um trabalho. Mas, quando se trata de baobás, é sempre uma catástrofe. Conheci um planeta habitado por um preguiçoso. Ele havia deixado que ali crescessem três arbustos...

E, de acordo com as orientações do pequeno príncipe, desenhei o tal planeta. Não gosto de assumir o tom de moralista, mas o perigo dos baobás é tão pouco conhecido, e tão grandes são os riscos para aquele que um dia se perca num asteroide, que, ao menos uma vez, abro exceção e digo: "Crianças! Cuidado com os baobás!" Foi para advertir meus amigos de um perigo que há tanto tempo os ameaçava, como a mim, e do qual nunca suspeitamos, que tanto caprichei naquele desenho. A mensagem que eu transmitia era de grande importância. Perguntarão, talvez: "Por que não há neste livro outros desenhos tão impressionantes como o dos baobás?" A resposta é simples: "Tentei, mas não consegui." Quando desenhei os baobás, estava inteiramente tomado pela iminência de seu perigo.

Os baobás.

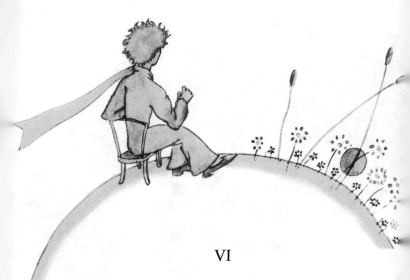

VI

Ah!, pequeno príncipe, assim eu comecei a compreender, pouco a pouco, os segredos da tua triste vidinha. Durante muito tempo não tiveste outra distração a não ser a doçura do pôr do sol. Aprendi esse novo detalhe quando me disseste, na manhã do quarto dia:

— Gosto muito de pôr do sol. Vamos ver um...
— Mas é preciso esperar...
— Esperar o quê?
— Esperar que o sol se ponha.

Tu fizeste um ar de surpresa e, logo depois, riste de ti mesmo. Disseste-me:

— Eu imagino sempre estar em casa!

De fato. Quando é meio-dia nos Estados Unidos, o sol, todo mundo sabe, está se pondo na França. Bastaria poder ir à França num minuto para assistir ao pôr do sol. Infelizmente, a França é longe demais. Mas no teu pequeno planeta, bastava apenas recuar um pouco a cadeira. E, assim, contemplavas o crepúsculo todas as vezes que desejavas...

— Um dia eu vi o sol se pôr quarenta e quatro vezes!

E logo depois acrescentaste:

— Quando a gente está muito triste, gosta de admirar o pôr do sol...

— Estavas tão triste assim no dia em que contemplaste os quarenta e quatro?

Mas o principezinho não respondeu.

VII

No quinto dia, sempre graças ao carneiro, um segredo da vida do pequeno príncipe me foi revelado. Perguntou-me, sem rodeios, como se fosse o resultado de uma longa reflexão:

— Um carneiro, se come arbusto, come também as flores?

— Um carneiro come tudo o que encontra.

— Mesmo as flores que têm espinhos?

— Sim. Mesmo as que têm.

— Então... para que servem os espinhos?

Eu não sabia. Estava ocupadíssimo naquele instante, tentando desatarraxar do motor um parafuso muito apertado. Estava bastante preocupado, pois a pane estava começando a parecer muito grave, e a água que tinha para beber era tão pouca que eu temia o pior.

— Para que servem os espinhos?

O pequeno príncipe jamais desistia de uma pergunta uma vez que a tivesse feito. Mas eu estava irritado com o parafuso e respondi qualquer coisa:

— Espinhos não servem para nada. São pura maldade das flores.

— Oh!

Mas, após um silêncio, ele me disse, com uma espécie de rancor:

— Não acredito! As flores são fracas. Ingênuas. Defendem-se como podem. Elas se julgam poderosas com os seus espinhos...

Não respondi. Naquele instante eu pensava: "Se esse parafuso não afrouxar, vou fazê-lo soltar com uma martelada." O principezinho perturbou de novo meus pensamentos:

— E tu achas então que as flores...

— Ora! Eu não acho nada. Respondi qualquer coisa. Eu só me ocupo com coisas sérias!

Ele olhou-me surpreso:

— Coisas sérias!

Ele me via de martelo em punho, dedos sujos de graxa, curvado sobre um objeto que lhe parecia ser muito feio.

— Tu falas como as pessoas grandes!

Senti um pouco de vergonha. Mas ele acrescentou, implacável:

— Tu confundes todas as coisas... Misturas tudo!

Ele estava realmente muito irritado. Sacudiam ao vento seus cabelos dourados:

— Conheço um planeta onde há um sujeito vermelho, quase roxo. Nunca cheirou uma flor. Nunca olhou uma estrela. Nunca amou ninguém. Nunca fez outra coisa senão contas. E o dia todo repete, como tu: "Eu sou um homem sério! Eu sou um homem sério!" E isso o faz inchar-se de orgulho. Mas ele não é um homem, é um cogumelo!

— Um o quê?

— Um cogumelo!

O príncipe estava agora pálido de cólera.

— Há milhões e milhões de anos que as flores produzem espinhos. Há milhões e milhões de anos que, apesar disso, os carneiros as comem. E não será importante procurar saber por que elas perdem tanto tempo produzindo espinhos inúteis? Não terá importância a guerra dos carneiros e das flores? Não será mais importante que as contas do tal sujeito? E se eu, por minha vez, conheço uma flor única no mundo, que só existe no meu planeta, e que um belo dia um carneirinho pode destruir num só golpe, sem saber o que faz, isso não tem importância?

Corou um pouco, e continuou em seguida:

— Se alguém ama uma flor da qual só existe um exemplar em milhões e milhões de estrelas, isso basta para fazê-lo feliz quando a contempla. Ele pensa: "Minha flor está lá, em algum lugar..." Mas se o carneiro come a flor, para ele é como se todas as estrelas repentinamente se apagassem! E isso não tem importância!

Não conseguiu dizer mais nada. Imediatamente se pôs a soluçar. A noite caíra. Larguei as ferramentas. Ria-me do martelo, do parafuso, da sede e da morte. Havia numa estrela, num planeta, o meu, a Terra, um principezinho a consolar! Tomei-o nos braços. Embalei-o. E lhe dizia:

— A flor que tu amas não está em perigo... Vou desenhar uma focinheira para o carneiro... Uma cerca para a tua flor... Eu...

Eu não sabia o que dizer. Sentia-me envergonhado. Não sabia como consolá-lo, como me aproximar dele... É tão misterioso o país das lágrimas!

VIII

Logo aprendi a conhecer melhor aquela flor. Sempre houvera, no planeta do pequeno príncipe, flores muito simples, ornadas de uma só fileira de pétalas, e que não ocupavam espaço nem incomodavam ninguém. Apareciam pela manhã, na relva, e à tarde já murchavam. Mas aquela brotara um dia de uma semente trazida não se sabe de onde, e o principezinho resolvera vigiar de perto o pequeno broto, que era tão diferente dos outros. Podia ser uma nova espécie de baobá.

Mas o arbusto logo parou de crescer, e na sua extremidade começou então a se formar uma flor. O pequeno príncipe, que assistia ao surgimento de um enorme botão, pressentiu que dali sairia uma aparição miraculosa, mas a flor parecia nunca acabar de preparar sua beleza, no seu verde aposento. Escolhia as cores com cuidado. Vestia-se lentamente, ajustava uma a uma suas pétalas. Não queria sair, como os cravos, amarrotada. Ela queria aparecer no esplendor da sua beleza. Ah, sim! Era vaidosa. Sua misteriosa toalete, portanto, durara alguns dias. E eis que, numa manhã, justamente à hora do sol nascer, ela se mostrou.

E ela, que se preparara com tanto esmero, disse, bocejando:

— Ah! Eu acabo de despertar... Desculpa... Estou ainda toda despenteada...

O principezinho, então, não pôde conter o seu espanto:

— Como és bonita!

— É verdade — respondeu a flor docemente. — E nasci ao mesmo tempo que o sol...

O pequeno príncipe percebeu logo que a flor não era modesta. Mas ela era tão envolvente!

— Creio que é hora do café da manhã — acrescentou ela. — Tu poderias cuidar de mim...

E o principezinho, atordoado, tendo ido buscar um regador com água fresca, molhou a flor.

Assim, ela logo começou a atormentá-lo com sua doen-

tia vaidade. Um dia, por exemplo, falando dos seus quatro espinhos, dissera ao pequeno príncipe:

— Os tigres, eles podem aparecer com suas garras!

— Não há tigres no meu planeta — retrucara o principezinho. — Além disso, tigres não comem ervas.

— Não sou uma erva — respondera a flor suavemente.

— Perdoa-me...

— Não tenho medo dos tigres, mas tenho horror das correntes de ar. Não terias por acaso um para-vento?

"Horror das correntes de ar... Isso não é bom para uma planta", pensara o pequeno príncipe. "É bem complicada essa flor..."

— À noite me colocarás sob uma redoma de vidro. Faz muito frio no teu planeta. Não é nada confortável. De onde eu venho...

De repente, calou-se. Viera em forma de semente. Não pudera conhecer nada dos outros mundos. Encabulada por ter sido surpreendida em uma mentira tão tola, tossiu duas ou três vezes e, para fazê-lo sentir-se culpado, pediu:

— E o para-vento?
— Ia buscá-lo. Mas tu me falavas...
Então ela forçou a tosse para causar-lhe remorso.

Assim, o principezinho, apesar da sinceridade do seu amor, logo começara a duvidar dela. Levara a sério palavras sem importância, e isto o fez sentir-se muito infeliz.

— Não devia tê-la escutado — confessou-me um dia —, não se deve nunca escutar as flores. Basta admirá-las, sentir seu aroma. A minha perfumava todo o planeta, mas eu não sabia como desfrutá-la. Aquela história das garras, que tanto me irritara, devia ter me enternecido...

Confessou-me ainda:

— Não soube compreender coisa alguma! Deveria tê-la julgado por seus atos, não pelas palavras. Ela exalava perfume e me alegrava... Não podia jamais tê-la abandonado. Deveria ter percebido sua ternura por trás daquelas tolas mentiras. As flores são tão contraditórias! Mas eu era jovem demais para saber amá-la.

IX

Creio que ele se aproveitou de uma migração de pássaros selvagens para fugir. Na manhã da viagem, pôs o planeta em ordem. Revolveu cuidadosamente seus vulcões. Ele possuía dois vulcões em atividade. E isso era muito cômodo para esquentar o café da manhã. Possuía também um vulcão extinto. Mas, como ele dizia: "Nunca se sabe!", revolveu também o extinto. Se são bem revolvidos, os vulcões queimam lentamente, constantemente, sem erupções. As erupções vulcânicas são como fagulhas de lareira. Aqui na Terra, somos muito pequenos para revolver os vulcões. Por isso é que eles nos causam tanto dano.

O pequeno príncipe arrancou também, não sem um pouco de tristeza, os últimos rebentos de baobás. Ele pensava em nunca mais voltar. Mas todos esses trabalhos rotineiros lhe pareceram, naquela manhã, extremamente agradáveis. E, quando regou pela última vez a flor e se preparava para colocá-la sob a redoma, percebeu que tinha vontade de chorar.

— Adeus — disse ele à flor.

Mas a flor não respondeu.

— Adeus — repetiu ele.

A flor tossiu. Mas não era por causa do resfriado.

— Eu fui uma tola — disse finalmente. — Peço-te perdão. Procura ser feliz.

A ausência de censuras o surpreendeu. Ficou parado completamente sem jeito, com a redoma nas mãos. Não conseguia compreender aquela delicadeza.

Revolveu cuidadosamente seus vulcões.

— É claro que eu te amo — disse-lhe a flor. — Foi minha culpa não perceberes isso. Mas não tem importância. Foste tão tolo quanto eu. Tenta ser feliz... Larga essa redoma, não preciso mais dela.

— Mas o vento...

— Não estou tão resfriada assim... O ar fresco da noite me fará bem. Eu sou uma flor.

— Mas os bichos...

— É preciso que eu suporte duas ou três larvas se quiser conhecer as borboletas. Dizem que são tão belas! Do contrário, quem virá visitar-me? Tu estarás longe... Quanto aos bichos grandes, não tenho medo deles. Eu tenho as minhas garras.

E ela mostrou ingenuamente seus quatro espinhos. Em seguida acrescentou:

— Não demores assim, que é exasperante. Tu decidiste partir. Então vai!

Pois ela não queria que ele a visse chorar. Era uma flor muito orgulhosa...

X

Ele se achava na região dos asteroides 325, 326, 327, 328, 329 e 330. Começou, então, a visitá-los, para desta forma ter uma atividade e se instruir.

O primeiro era habitado por um rei. O rei sentava-se, vestido de púrpura e arminho, num trono muito simples, embora majestoso.

— Ah! Eis um súdito! — exclamou o rei ao ver o visitante.

E o principezinho perguntou a si mesmo: "Como ele pode reconhecer-me, se jamais me viu?"

Ele não sabia que, para os reis, o mundo é muito mais simples. Todos os homens são súditos.

— Aproxima-te, para que eu te veja melhor — disse o rei, todo orgulhoso de poder ser rei para alguém.

O pequeno príncipe olhou em volta para achar onde sentar-se, mas o planeta estava todo ocupado pelo magnífico manto de arminho. Ficou, então, de pé. Mas, como estava cansado, bocejou.

— É contra a etiqueta bocejar na frente do rei — disse o monarca. — Eu o proíbo.

— Não posso evitar — disse o principezinho, sem jeito. — Fiz uma longa viagem e não dormi ainda...

— Então — disse o rei — eu te ordeno que bocejes. Há anos que não vejo ninguém bocejar! Os bocejos são uma raridade para mim. Vamos, boceja! É uma ordem!

— Isso me intimida... Assim eu não consigo... — disse o pequeno príncipe, enrubescido.

— Hum! Hum! — respondeu o rei. — Então... então eu te ordeno ora bocejares e ora...

Ele gaguejava um pouco e parecia envergonhado. Porque o rei fazia questão de que sua autoridade fosse respeitada. Não tolerava desobediência. Era um monarca absoluto. Mas, como era muito bom, dava ordens razoáveis.

"Se eu ordenasse", costumava dizer, "que um general se transformasse numa gaivota e o general não me obedecesse, a culpa não seria do general, seria minha".

— Posso sentar-me? — perguntou timidamente o principezinho.

— Eu te ordeno que te sentes — respondeu-lhe o rei, que puxou majestosamente um pedaço do manto de arminho.

Mas o pequeno príncipe estava espantado. O planeta era minúsculo. Sobre quem reinaria o rei?

— Majestade... eu vos peço perdão por ousar interrogar-vos...

— Eu te ordeno que me interrogues — apressou-se o rei a dizer.

— Majestade... sobre quem reinais?

— Sobre tudo — respondeu o rei, com uma grande simplicidade.

— Sobre tudo?

O rei, com um gesto simples, indicou seu planeta, os outros planetas, e também as estrelas.

— Sobre tudo isso?

— Sobre tudo isso... — respondeu o rei.

Pois ele não era apenas um monarca absoluto, era também um monarca universal.

— E as estrelas vos obedecem?

— Sem dúvida — disse o rei. — Obedecem prontamente. Eu não tolero indisciplina.

Tanto poder maravilhou o pequeno príncipe. Se ele fosse detentor desse poder, teria podido assistir não a quarenta e quatro, mas a setenta e dois, ou mesmo a cem, ou mesmo a duzentos pores do sol no mesmo dia, sem precisar nem mesmo afastar a cadeira! E, como se se sentisse um pouco triste ao pensar no seu pequeno planeta abandonado, ousou solicitar ao rei uma graça:

— Eu desejava ver um pôr do sol... Fazei-me esse favor. Ordenai ao sol que se ponha...

— Se eu ordenasse a meu general voar de uma flor a outra como borboleta, ou escrever uma tragédia, ou transformar-se numa gaivota, e o general não executasse a ordem recebida, quem, ele ou eu, estaria errado?

— Vós — respondeu com firmeza o principezinho.

— Exato. É preciso exigir de cada um o que cada um pode dar — replicou o rei. — A autoridade se baseia na razão. Se ordenares a teu povo que ele se lance ao mar, todos se rebelarão. Eu tenho o direito de exigir obediência porque minhas ordens são razoáveis.

— E meu pôr do sol? — lembrou o pequeno príncipe, que nunca esquecia uma pergunta que tivesse feito.

— Teu pôr do sol, tu o terás. Eu o exigirei. Mas eu esperarei, na minha sabedoria de governante, que as condições sejam favoráveis.

— Quando serão? — indagou o príncipe.

— Hum! Hum! — respondeu o rei, que consultou inicialmente um enorme calendário. — Hum! Hum! Será lá por volta de... por volta de sete e quarenta, esta noite! E tu verás como sou bem obedecido.

O principezinho bocejou. Sentia falta de seu pôr do sol. E, também, já estava começando a se aborrecer!

— Não tenho mais nada que fazer aqui — disse ao rei. — Vou prosseguir minha viagem.

— Não partas — retrucou o rei, que estava orgulhoso de ter um súdito. — Não partas; eu te faço ministro!

— Ministro de quê?

— Da... da Justiça!

— Mas não há ninguém para julgar!

— Nunca se sabe — disse o rei. — Ainda não vi todo o meu reino. Estou muito velho, não tenho espaço para uma carruagem, e andar cansa-me muito.

— Oh! Mas eu já vi — disse o pequeno príncipe, que se inclinou para dar ainda uma olhadela no outro lado do planeta. — Não consigo ver ninguém...

— Tu julgarás a ti mesmo — respondeu-lhe o rei. — É o mais difícil. É bem mais difícil julgar a si mesmo que julgar os outros. Se consegues fazer um bom julgamento de ti, és um verdadeiro sábio.

— Mas eu posso julgar a mim mesmo em qualquer lugar — replicou o principezinho. — Não preciso, para isso, ficar morando aqui.

— Ah! — disse o rei — eu tenho quase certeza de que há um velho rato no meu planeta. Eu o escuto à noite. Tu poderás julgar esse rato. Tu o condenarás à morte de vez em quando. Assim, a vida dele dependerá da tua justiça. Mas tu o perdoarás sempre, para poupá-lo. Pois só temos um.

— Eu... — respondeu o pequeno príncipe — eu não gosto de condenar à morte, e acho que vou mesmo embora.

— Não! — disse o rei.

Mas o principezinho, tendo terminado os preparativos, não quis afligir o velho monarca:

— Se Vossa Majestade deseja ser prontamente obedecido, poderá dar-me uma ordem razoável. Poderia ordenar-me, por exemplo, que partisse em menos de um minuto. Parece--me que as condições são favoráveis...

Como o rei não disse nada, o príncipe hesitou um pouco, depois suspirou e partiu.

— Eu te faço meu embaixador — apressou-se o rei em gritar.

Tinha um ar de grande autoridade.

"As pessoas grandes são muito esquisitas", pensava o pequeno príncipe durante a viagem.

XI

O segundo planeta era habitado por um vaidoso.

— Ah! Ah! Um admirador vem visitar-me! — exclamou a distância o vaidoso, mal avistara o principezinho.

Porque, para os vaidosos, os outros homens são seus admiradores.

— Bom dia — disse o pequeno príncipe. — Tu tens um chapéu engraçado.

— É para agradecer — exclamou o vaidoso. — Para agradecer quando me aclamam. Infelizmente, não passa ninguém por aqui.

— Ah, é? — disse o pequeno príncipe sem compreender.

— Bate tuas mãos uma na outra — sugeriu o vaidoso.

O principezinho bateu as mãos uma na outra. O vaidoso agradeceu modestamente, erguendo o chapéu.

"Ah, isso é mais divertido que a visita ao rei", disse a si mesmo. E recomeçou a bater as mãos uma na outra. O vaidoso tornou a agradecer, tirando o chapéu.

Após cinco minutos de exercício, o principezinho cansou-se com a monotonia daquele jogo:

— E para o chapéu cair — perguntou ele —, que é preciso fazer?

Mas o vaidoso não ouviu. Os vaidosos só ouvem os elogios.

— Não é verdade que tu me admiras muito? — perguntou ele ao pequeno príncipe.

— Que quer dizer "admirar"?

— "Admirar" significa reconhecer que eu sou o homem mais belo, mais bem-vestido, mais rico e mais inteligente de todo o planeta.

— Mas só tu moras no teu planeta!

— Dá-me esse prazer. Admira-me assim mesmo!

— Eu te admiro — disse o principezinho, dando de ombros. — Mas de que te serve isso?

E o pequeno príncipe foi-se embora.

"As pessoas grandes são de fato muito estranhas", pensou ele, continuando sua viagem.

XII

O planeta seguinte era habitado por um bêbado. Esta visita foi muito curta, mas deixou o principezinho mergulhado numa profunda tristeza.

— Que fazes aí? — perguntou ele ao bêbado, que se encontrava silenciosamente acomodado diante de inúmeras garrafas vazias e diversas garrafas cheias.

— Eu bebo — respondeu o bêbado, com ar triste.

— Por que bebes? — perguntou-lhe o pequeno príncipe.

— Para esquecer — respondeu o beberrão.

— Esquecer o quê? — indagou o principezinho, que já começava a sentir pena dele.

— Esquecer que eu tenho vergonha — confessou o bêbado, baixando a cabeça.

— Vergonha de quê? — perguntou o príncipe, que desejava socorrê-lo.

— Vergonha de beber! — concluiu o beberrão, encerrando-se definitivamente no seu silêncio.

E o pequeno príncipe foi-se embora, perplexo.

"As pessoas grandes são decididamente estranhas, muito estranhas", dizia a si mesmo, durante a viagem.

XIII

O quarto planeta era o do empresário. Estava tão ocupado que nem sequer levantou a cabeça à chegada do pequeno príncipe.

— Bom dia — disse-lhe este. — O teu cigarro está apagado.

— Três e dois são cinco. Cinco e sete, doze. Doze e três, quinze. Bom dia. Quinze e sete, vinte e dois. Vinte e dois e seis, vinte e oito. Não tenho tempo para acendê-lo de novo. Vinte e seis e cinco, trinta e um. Ufa! São quinhentos e um milhões, seiscentos e vinte e dois mil, setecentos e trinta e um.

— Quinhentos milhões de quê?

— Hein? Ainda estás aí? Quinhentos e um milhões de... eu não sei mais... Tenho tanto trabalho. Sou um sujeito sério, não me preocupo com futilidades! Dois e cinco, sete...

— Quinhentos milhões de quê? — repetiu o principezinho, que nunca na vida desistira de uma pergunta uma vez que a tivesse feito.

O empresário levantou a cabeça:

— Há cinquenta e quatro anos habito este planeta, e só fui incomodado três vezes. A primeira vez foi há vinte e dois anos, por um besouro que veio não sei de onde. Fazia um barulho terrível, e cometi quatro erros na soma. A segunda foi há onze anos, quando tive uma crise de reumatismo. Por falta de exercício. Não tenho tempo para passear. Sou um sujeito sério. A terceira... é esta! Eu dizia, portanto, quinhentos e um milhões...

— Milhões de quê?

O empresário compreendeu que não havia chance de ter paz:

— Milhões dessas coisinhas que se veem às vezes no céu.

— Moscas?

— Não, não. Essas coisinhas que brilham.

— Vaga-lumes?

— Também não. Essas coisinhas douradas que fazem sonhar os preguiçosos. Mas eu sou uma pessoa séria! Não tenho tempo para divagações.

— Ah! Estrelas?

— Isso mesmo. Estrelas.

— E que fazes com quinhentos milhões de estrelas?

— Quinhentos e um milhões, seiscentas e vinte e duas mil, setecentas e trinta e uma. Eu sou um sujeito sério. Gosto de exatidão.

— E que fazes com essas estrelas?

— O que faço com elas?

— Sim.

— Nada. Eu as possuo.

— Tu possuis as estrelas?

— Sim.

— Mas eu já vi um rei que...

— Os reis não possuem. Eles "reinam" sobre. É muito diferente.

— E de que te serves possuir as estrelas?

— Serve-me para ser rico.

— E de que te serves ser rico?

— Para comprar outras estrelas, se alguém achar.

"Esse aí", disse o principezinho para si mesmo, "raciocina um pouco como o bêbado".

No entanto, fez ainda algumas perguntas.

— Como pode a gente possuir as estrelas?

— De quem são elas? — respondeu, exaltado, o empresário.

— Eu não sei. De ninguém.

— Logo, são minhas, porque pensei nisso primeiro.

— Basta isso?

— Sem dúvida. Quando achas um diamante que não é de ninguém, ele é teu. Quando achas uma ilha que não é de ninguém, ela é tua. Quando tens uma ideia antes dos outros, tu a registras: ela é tua. Portanto, eu possuo as estrelas, pois ninguém antes de mim teve a ideia de as possuir.

— Isso é verdade — disse o pequeno príncipe. — E que fazes tu com elas?

— Eu as administro. Eu as conto e reconto — disse o empresário. — É complicado. Mas eu sou um homem sério!

O principezinho ainda não estava satisfeito.

— Eu, se possuo um lenço de seda, posso amarrá-lo em volta do pescoço e levá-lo comigo. Se possuo uma flor, posso colhê-la e levá-la comigo. Mas tu não podes levar as estrelas.

— Não. Mas posso colocá-las no banco.

— Que quer dizer isso?

— Isso quer dizer que eu escrevo num pedaço de papel o número de estrelas que possuo. Depois tranco o papel numa gaveta.

— Só isso?

— Isso basta...

"É divertido", pensou o principezinho. "É bastante poético. Mas sem muita utilidade."

O pequeno príncipe tinha, sobre as coisas sérias, ideias muito diferentes do que pensavam as pessoas grandes.

— Eu — disse ele, ainda — possuo uma flor que rego todos os dias. Possuo três vulcões que revolvo toda semana. Porque revolvo também o que está extinto. A gente nunca sabe! É útil para os meus vulcões, é útil para a minha flor que eu os possua. Mas tu não és útil às estrelas...

O empresário abriu a boca, mas não encontrou nenhuma resposta, e o principezinho se foi...

"As pessoas grandes são mesmo extraordinárias", repetia para si durante a viagem.

XIV

O quinto planeta era muito curioso. Era o menor de todos. Tinha o espaço suficiente para um lampião e para um acendedor de lampiões... O pequeno príncipe não conseguia entender para que serviriam, no céu, num planeta sem casa e sem gente, um lampião e um acendedor de lampiões. No entanto, disse consigo mesmo:

"Talvez esse homem seja mesmo um tolo. No entanto, é menos tolo que o rei, que o vaidoso, que o empresário, que o beberrão. Seu trabalho ao menos tem um sentido. Quando acende o lampião, é como se fizesse nascer mais uma estrela, ou uma flor. Quando o apaga, porém, faz adormecer a estrela ou a flor. É um belo trabalho. E, sendo belo, tem sua utilidade."

Quando alcançou o planeta, saudou educadamente o acendedor:

— Bom dia. Por que acabas de apagar teu lampião?

— É o regulamento — respondeu o acendedor. — Bom dia.

— Qual é o regulamento?

— É apagar meu lampião. Boa noite.

E tornou a acender.

— Mas por que acabas de acendê-lo de novo?

— É o regulamento — respondeu o acendedor.

— Eu não compreendo — disse o príncipe.

— Não é para compreender — disse o acendedor. — Regulamento é regulamento. Bom dia.

E apagou o lampião.

Em seguida enxugou a testa num lenço xadrez vermelho.

— Eu executo uma tarefa terrível. No passado, era mais sensato. Apagava de manhã e acendia à noite. Tinha o resto do dia para descansar e toda a noite para dormir...

— E depois mudou o regulamento?

— O regulamento não mudou — disse o acendedor. — Aí é que está o problema! O planeta a cada ano gira mais depressa, e o regulamento não muda!

— E então? — perguntou o principezinho.

— Agora, que ele dá uma volta por minuto, não tenho mais um segundo de repouso. Acendo e apago uma vez por minuto!

— Ah! Que engraçado! Os dias aqui duram um minuto!

— Não é nada engraçado — disse o acendedor. — Já faz um mês que estamos conversando.

— Um mês?

— Sim. Trinta minutos. Trinta dias. Boa noite.

E acendeu o lampião.

– Eu executo uma tarefa terrível.

O pequeno príncipe respeitou-o, e gostou daquele acendedor tão fiel ao regulamento. Lembrou-se das vezes em que ele mesmo provocara o pôr do sol, apenas recuando sua cadeira. Quis ajudar seu amigo.

— Sabes? Conheço uma maneira de descansares quando quiseres...

— Eu sempre quero descansar — disse o acendedor.

Pois a gente pode ser, ao mesmo tempo, fiel e preguiçoso.

E o principezinho prosseguiu:

— Teu planeta é tão pequeno que podes, com três passos, contorná-lo. Basta andares bem lentamente, de modo a ficares sempre ao sol. Quando desejares descansar, tu caminharás... e o dia durará o tempo que quiseres.

— Isso não adianta muito — disse o acendedor. — O que eu gosto mais na vida é dormir.

— Então não há solução — disse o príncipe.

— Não há solução — disse o acendedor. — Bom dia.

E apagou o lampião.

"Esse aí", pensou o principezinho, ao prosseguir a viagem para mais longe, "esse aí seria desprezado por todos os outros, o rei, o vaidoso, o beberrão, o empresário. No entanto, é o único que não me parece ridículo. Talvez porque é o único que se ocupa de outra coisa que não seja ele próprio."

Suspirou lamentando e completou:

"Era o único com quem eu poderia ter feito amizade. Mas seu planeta é mesmo pequeno demais. Não há lugar para dois."

O que o pequeno príncipe não ousava admitir é que lamentava partir daquele planeta abençoado com mil quatrocentos e quarenta pores do sol a cada vinte e quatro horas!

XV

O sexto planeta era dez vezes maior. Era habitado por um velho que escrevia em livros enormes.

— Ora vejam! Eis um explorador! — exclamou ele, logo que avistou o pequeno príncipe.

O principezinho sentou-se à mesa, meio ofegante. Já viajara tanto!

— De onde vens? — perguntou-lhe o velho.
— Que livro é esse? — indagou-lhe o pequeno príncipe.
— Que faz o senhor aqui?
— Sou geógrafo — respondeu o velho.
— Que é um geógrafo? — perguntou o principezinho.
— É um especialista que sabe onde se encontram os mares, os rios, as cidades, as montanhas, os desertos.
— Isso é bem interessante — disse o pequeno príncipe.
— Eis, afinal, uma verdadeira profissão!

E lançou um olhar, ao seu redor, no planeta do geógrafo. Nunca havia visto planeta tão grandioso.

— O seu planeta é muito bonito. Há oceanos nele?
— Não sei te dizer — disse o geógrafo.
— Ah! (O principezinho estava decepcionado.) E montanhas?
— Não sei te dizer — disse o geógrafo.
— E cidades, e rios, e desertos?
— Também não sei te dizer — disse o geógrafo pela terceira vez.
— Mas o senhor é geógrafo!
— É verdade — disse o geógrafo. — Mas não sou explorador. Faltam-me exploradores! Não é o geógrafo quem

vai contar as cidades, os rios, as montanhas, os mares, os oceanos, os desertos. O geógrafo é muito importante para ficar passeando. Nunca abandona a sua escrivaninha. Mas recebe os exploradores, interroga-os e anota seus relatos de viagem. E quando algum lhe parece mais interessante, o geógrafo faz um inquérito sobre a moral do explorador.

— Por quê?

— Porque um explorador que mentisse produziria catástrofes nos livros de geografia. Assim como um explorador que bebesse demais.
— Por quê? — perguntou o pequeno príncipe.
— Porque os bêbados veem em dobro. Então o geógrafo anotaria duas montanhas onde, na verdade, só há uma.
— Conheço alguém — disse o principezinho — que seria um mau explorador.
— É possível. Pois bem, quando a moral do explorador parece boa, faz-se uma investigação sobre a sua descoberta.
— Vai-se vê-la?
— Não. Seria muito complicado. Mas exige-se do explorador que ele forneça provas.
Tratando-se, por exemplo, da descoberta de uma grande montanha, é essencial que ele traga grandes pedras.
O geógrafo, de repente, se entusiasmou:
— Mas tu... tu vens de longe. Certamente és explorador! Portanto, vais descrever-me o teu planeta!
E o geógrafo, tendo aberto o seu caderno, apontou o lápis. Anotam-se primeiro a lápis as narrações dos exploradores. Espera-se, para anotar a caneta, que o explorador tenha trazido as provas.
— Então? — interrogou o geógrafo.
— Oh! Onde eu moro — disse o pequeno príncipe — não é interessante: é muito pequeno. Eu tenho três vulcões. Dois em atividade e um extinto. Mas a gente nunca sabe...
— A gente nunca sabe — repetiu o geógrafo.
— Tenho também uma flor.
— Nós não anotamos as flores — disse o geógrafo.

— Por que não? É o mais bonito!
— Porque as flores são efêmeras.
— Que quer dizer "efêmera"?
— Os livros de geografia — disse o geógrafo — são os mais exatos. Nunca ficam ultrapassados. É muito raro que uma montanha mude de lugar. É muito raro um oceano secar. Nós escrevemos coisas eternas.
— Mas os vulcões extintos podem voltar à atividade — interrompeu o pequeno príncipe. — Que quer dizer "efêmera"?
— Que os vulcões estejam extintos ou não, isso dá no mesmo para nós — disse o geógrafo. — O que nos interessa é a montanha. Ela não muda.
— Mas que quer dizer "efêmera"? — repetiu o principezinho, que jamais desistira de uma pergunta que tivesse feito.
— Quer dizer "ameaçada de desaparecer em breve".
— Minha flor está ameaçada de desaparecer em breve?
— Sem dúvida.

"Minha flor é efêmera", pensou o pequeno príncipe, "e não tem mais que quatro espinhos para defender-se do mundo! E eu a deixei sozinha!"

Esse foi seu primeiro gesto de remorso. Mas retomou a coragem:

— Qual planeta me aconselha a visitar? — perguntou ele.
— A Terra — respondeu o geógrafo. — Goza de boa reputação...

E o principezinho partiu, pensando na sua flor.

XVI

O sétimo planeta foi, portanto, a Terra.

A Terra não é um planeta qualquer! Contam-se lá cento e onze reis (não esquecendo, é claro, os reis negros), sete mil geógrafos, novecentos mil negociantes, sete milhões e meio de beberrões e trezentos e onze milhões de vaidosos — isto é, cerca de dois bilhões de pessoas grandes.

Para dar-lhes uma ideia das dimensões da Terra, eu lhes direi que, antes da invenção da eletricidade, era necessário manter, para o conjunto dos seus seis continentes, um verdadeiro exército de quatrocentos e sessenta e dois mil quinhentos e onze acendedores de lampiões.

Visto um pouco de longe, isto dava um magnífico efeito. Os movimentos desse exército eram ritmados como os de um balé. Primeiro era a vez dos acendedores de lampiões da Nova Zelândia e da Austrália. Esses, depois de acenderem seus lampiões, iam dormir. Entravam então na dança os acendedores de lampiões da China e da Sibéria. E estes, tendo concluído suas tarefas, também desapareciam nos bastidores. Chegava a vez dos acendedores de lampiões da Rússia e das Índias. Depois, os da África e da Europa. A seguir, os da América do Sul. Depois os da América do Norte. E eles jamais se enganavam na ordem de entrada em cena. Era um espetáculo grandioso.

Apenas dois, o acendedor do único lampião do Polo Norte e o seu colega, do único lampião do Polo Sul, levavam uma vida preguiçosa e negligente: trabalhavam somente duas vezes por ano.

XVII

Quando a gente quer fazer graça, às vezes mente um pouco. Não fui lá muito honesto ao lhes falar dos acendedores de lampiões. Corro o risco de dar uma falsa ideia do nosso planeta àqueles que não o conhecem. Os homens ocupam, na verdade, muito pouco espaço na superfície da Terra. Se os dois bilhões de habitantes que povoam a Terra se mantivessem de pé, colados uns aos outros, como para um comício, facilmente se acomodariam numa praça pública de trinta quilômetros de comprimento por trinta de largura. Poderíamos agrupar toda a humanidade na menor das ilhas do Pacífico.

As pessoas grandes não acreditarão, é claro. Elas julgam ocupar muito espaço. Imaginam-se tão importantes quanto os baobás. Peçam-lhes então que façam as contas. Elas adoram os números; ficarão contentes com isso. Mas não percam seu tempo nessa matemática. É desnecessário. Sei que acreditam em mim.

O pequeno príncipe, uma vez na Terra, ficou muito surpreso por não ver ninguém. Já receava ter se enganado de planeta, quando um anel cor de lua se remexeu na areia.

— Boa noite — disse o principezinho.

— Boa noite — respondeu a serpente.

— Em que planeta me encontro? — perguntou o príncipe.

— Na Terra, na África — respondeu a serpente.

— Ah!... E não há ninguém na Terra?

— Aqui é o deserto. Não há ninguém nos desertos. A Terra é grande — disse a serpente.

O pequeno príncipe sentou-se numa pedra e ergueu os olhos para o céu:

— As estrelas são todas iluminadas... Será que elas brilham para que cada um possa um dia encontrar a sua? Olha o meu planeta. Está bem em cima de nós... Mas como ele está longe!

— Teu planeta é belo — disse a serpente. — Que vens fazer aqui?

— Tenho problemas com uma flor — disse o príncipe.

— Ah! — exclamou a serpente.

E se calaram.

— Onde estão os homens? — tornou a perguntar o principezinho. — A gente se sente um pouco sozinho no deserto.

— Entre os homens a gente também se sente só — disse a serpente.

O pequeno príncipe olhou-a por um longo tempo.

— Tu és um bichinho engraçado — disse ele. — Fino como um dedo...

— Mas sou mais poderosa do que o dedo de um rei — disse a serpente.

O principezinho sorriu.

— Tu não és tão poderosa assim... não tens nem patas... não podes sequer viajar...

— Eu posso levar-te mais longe que um navio — disse a serpente.

Ela enrolou-se no tornozelo do pequeno príncipe, como se fosse um bracelete de ouro.

— Aquele que eu toco devolvo à terra de onde veio — continuou a serpente. — Mas tu és puro e vens de uma estrela...

— Tu és um bichinho engraçado — disse ele.
— Fino como um dedo...

O principezinho não respondeu.

— Tenho pena de ti, tão fraco, nessa terra de granito. Posso ajudar-te um dia, se tiveres muita saudade do teu planeta. Posso...

— Oh! Eu te compreendo muito bem — disse o pequeno príncipe. — Mas por que falas sempre por enigmas?

— Eu os resolvo todos — disse a serpente.

E calaram-se os dois.

XVIII

O pequeno príncipe atravessou o deserto e encontrou apenas uma flor. Uma flor de três pétalas, uma florzinha insignificante...

— Bom dia — disse o príncipe.

— Bom dia — disse a flor.

— Onde estão os homens? — perguntou ele educadamente.

A flor, um dia, vira passar uma caravana:

— Os homens? Eu creio que existem seis ou sete. Vi-os faz muito tempo. Mas não se pode nunca saber onde se encontram. O vento os leva. Eles não têm raízes. Eles não gostam das raízes.

— Adeus — disse o principezinho.

— Adeus — disse a flor.

XIX

O principezinho escalou uma grande montanha. As únicas montanhas que conhecera eram os três vulcões que lhe batiam no joelho. O vulcão extinto servia-lhe de tamborete. "De uma montanha tão alta como esta", pensava ele, "verei todo o planeta e todos os homens..." Mas só viu pedras pontudas como agulhas.

— Bom dia — disse ele ao léu.

— Bom dia... bom dia... bom dia... — respondeu o eco.

— Quem és tu? — perguntou o principezinho.

— Quem és tu... quem és tu... quem és tu... — respondeu o eco.

— Sejam meus amigos, eu estou só... — disse ele.
— Estou só... estou só... estou só... — respondeu o eco.
"Que planeta engraçado!", pensou então. "É completamente seco, pontudo e salgado. E os homens não têm imaginação. Repetem o que a gente diz... No meu planeta eu tinha uma flor; e era sempre ela que falava primeiro."

XX

Mas aconteceu que o pequeno príncipe, tendo andado muito tempo pelas areias, pelas rochas e pela neve, descobriu, enfim, uma estrada. E as estradas vão todas em direção aos homens.
— Bom dia! — disse ele.
Era um jardim cheio de rosas.
— Bom dia! — disseram as rosas.
Ele as contemplou. Eram todas iguais à sua flor.
— Quem sois? — perguntou ele, espantado.
— Somos as rosas — responderam elas.
— Ah! — exclamou o principezinho...
E ele se sentiu extremamente infeliz. Sua flor lhe havia dito que ela era a única de sua espécie em todo o universo. E eis que havia cinco mil, iguaizinhas, num só jardim!
"Ela teria se envergonhado", pensou ele, "se visse isto... Começaria a tossir, simularia morrer para escapar ao ridículo. E eu seria obrigado a fingir que cuidava dela; porque senão, só para me humilhar, ela seria bem capaz de morrer de verdade..."

"Este planeta é completamente seco, pontudo e salgado."

Depois, refletiu ainda: "Eu me julgava rico por ter uma flor única, e possuo apenas uma rosa comum. Uma rosa e três vulcões que não passam do meu joelho, estando um, talvez, extinto para sempre. Isso não faz de mim um príncipe muito poderoso..."

E, deitado na relva, ele chorou.

XXI

E foi então que apareceu a raposa:

— Bom dia — disse a raposa.

— Bom dia — respondeu educadamente o pequeno príncipe, que, olhando a sua volta, nada viu.

— Eu estou aqui — disse a voz —, debaixo da macieira...
— Quem és tu? — perguntou o principezinho. — Tu és bem bonita...
— Sou uma raposa — disse a raposa.
— Vem brincar comigo — propôs ele. — Estou tão triste...
— Eu não posso brincar contigo — disse a raposa. — Não me cativaram ainda.
— Ah! Desculpe — disse o principezinho.
Mas, após refletir, acrescentou:
— Que quer dizer "cativar"?
— Tu não és daqui — disse a raposa. — Que procuras?
— Procuro os homens — disse o pequeno príncipe. — Que quer dizer "cativar"?
— Os homens — disse a raposa — têm fuzis e caçam. É assustador! Criam galinhas também. É a única coisa que fazem de interessante. Tu procuras galinhas?

— Não — disse o príncipe. — Eu procuro amigos. Que quer dizer "cativar"?

— É algo quase sempre esquecido — disse a raposa. — Significa "criar laços"...

— Criar laços?

— Exatamente — disse a raposa. — Tu não és ainda para mim senão um garoto inteiramente igual a cem mil outros garotos. E eu não tenho necessidade de ti. E tu também não tens necessidade de mim. Não passo a teus olhos de uma raposa igual a cem mil outras raposas. Mas, se tu me cativas, nós teremos necessidade um do outro. Serás para mim único no mundo. E eu serei para ti única no mundo...

— Começo a compreender — disse o pequeno príncipe. — Existe uma flor... eu creio que ela me cativou...

— É possível — disse a raposa. — Vê-se tanta coisa na Terra...

— Oh! Não foi na Terra — disse o principezinho.

A raposa pareceu intrigada:

— Num outro planeta?

— Sim.

— Há caçadores nesse planeta?

— Não.

— Que bom! E galinhas?

— Também não.

— Nada é perfeito — suspirou a raposa.

Mas a raposa retomou o seu raciocínio.

— Minha vida é monótona. Eu caço as galinhas e os homens me caçam. Todas as galinhas se parecem e todos os homens se parecem também. E isso me incomoda um pouco. Mas, se tu me cativas, minha vida será como que cheia de sol. Conhecerei um barulho de passos que será diferente dos outros. Os outros passos me fazem entrar debaixo da terra. Os teus me chamarão para fora da toca, como se fossem música. E depois, olha! Vês, lá longe, os campos de trigo? Eu não como pão. O trigo para mim não vale nada. Os campos de trigo não me lembram coisa alguma. E isso é triste! Mas tu tens cabelos dourados. Então será maravilhoso quando me tiveres cativado. O trigo, que é dourado, fará com que eu me lembre de ti. E eu amarei o barulho do vento no trigo...

A raposa calou-se e observou por muito tempo o príncipe:

— Por favor... cativa-me! — disse ela.

— Eu até gostaria — disse o principezinho —, mas não tenho muito tempo. Tenho amigos a descobrir e muitas coisas a conhecer.

— A gente só conhece bem as coisas que cativou — disse a raposa. — Os homens não têm mais tempo de conhecer coisa alguma. Compram tudo já pronto nas lojas. Mas, como não existem lojas de amigos, os homens não têm mais amigos. Se tu queres um amigo, cativa-me!

— Que é preciso fazer? — perguntou o pequeno príncipe.

— É preciso ser paciente — respondeu a raposa. — Tu te sentarás primeiro um pouco longe de mim, assim, na relva. Eu te olharei com o canto do olho e tu não dirás nada. A linguagem é uma fonte de mal-entendidos. Mas, cada dia, te sentarás mais perto...

No dia seguinte o principezinho voltou.

— Teria sido melhor se voltasses à mesma hora — disse a raposa. — Se tu vens, por exemplo, às quatro da tarde, desde as três eu começarei a ser feliz. Às quatro horas, então, estarei inquieta e agitada: descobrirei o preço da felicidade!

Mas, se tu vens a qualquer momento, nunca saberei a hora de preparar meu coração... É preciso que haja um ritual.

— Que é um "ritual"? — perguntou o principezinho.

— É uma coisa muito esquecida também — disse a raposa. — É o que faz com que um dia seja diferente dos outros dias; uma hora, das outras horas. Os meus caçadores, por exemplo, adotam um ritual. Dançam na quinta-feira com as moças da aldeia. A quinta-feira é então o dia maravilhoso! Vou passear até a vinha. Se os caçadores dançassem em qualquer dia, os dias seriam todos iguais, e eu nunca teria férias!

Assim, o pequeno príncipe cativou a raposa. Mas, quando chegou a hora da partida, a raposa disse:

— Ah! Eu vou chorar.

— A culpa é tua — disse o principezinho. — Eu não queria te fazer mal; mas tu quiseste que eu te cativasse...

— Quis — disse a raposa.

— Mas tu vais chorar! — disse ele.

— Vou — disse a raposa.

— Então, não terás ganhado nada!

— Terei, sim — disse a raposa —, por causa da cor do trigo.

– Se tu vens, por exemplo, às quatro da tarde, desde às três eu começarei a ser feliz!

Depois ela acrescentou:

— Vai rever as rosas. Assim compreenderás que a tua é única no mundo. Tu voltarás para me dizer adeus, e eu te presentearei com um segredo.

O pequeno príncipe foi rever as rosas:

— Vós não sois absolutamente iguais à minha rosa, vós não sois nada ainda. Ninguém ainda vos cativou, nem cativastes ninguém. Sois como era a minha raposa. Era uma raposa igual a cem mil outras. Mas eu a tornei minha amiga. Agora ela é única no mundo.

E as rosas ficaram desapontadas.

— Sois belas, mas vazias — continuou ele. — Não se pode morrer por vós. Um passante qualquer sem dúvida pensaria que a minha rosa se parece convosco. Ela sozinha é, porém, mais importante que todas vós, pois foi ela que eu reguei. Foi ela que pus sob a redoma. Foi ela que abriguei com o para-vento. Foi por ela que eu matei as larvas (exceto duas ou três, por causa das borboletas). Foi ela que eu escutei se queixar ou se gabar, ou mesmo calar-se algumas vezes, já que ela é a minha rosa.

E voltou, então, à raposa:

— Adeus... — disse ele.

— Adeus — disse a raposa. — Eis o meu segredo. É muito simples: só se vê bem com o coração. O essencial é invisível aos olhos.

— O essencial é invisível aos olhos — repetiu o principezinho, para não se esquecer.

E, deitado na relva, ele chorou.

— Foi o tempo que perdeste com tua rosa que a fez tão importante.

— Foi o tempo que eu perdi com a minha rosa... — repetiu ele, para não se esquecer.

— Os homens esqueceram essa verdade — disse ainda a raposa. — Mas tu não a deves esquecer. Tu te tornas eternamente responsável por aquilo que cativas. Tu és responsável pela tua rosa...

— Eu sou responsável pela minha rosa... — repetiu o principezinho, para não se esquecer.

XXII

— Bom dia — disse o pequeno príncipe.

— Bom dia — respondeu o manobreiro.

— Que fazes aqui? — perguntou-lhe o principezinho.

— Eu separo os passageiros em blocos de mil — disse o manobreiro. — Despacho os trens que os carregam, ora para a direita, ora para a esquerda.

E um trem iluminado, roncando como um trovão, fez tremer a cabine do manobreiro.

— Eles estão com muita pressa — disse o pequeno príncipe. — O que estão procurando?

— Nem o homem da locomotiva sabe — disse o manobreiro.

E apitou, vindo em sentido inverso, um outro trem iluminado.

— Já estão de volta? — perguntou o príncipe...

— Não são os mesmos — disse o manobreiro. — É uma troca.

— Não estavam contentes onde estavam?

— Nunca estamos contentes onde estamos — disse o manobreiro.

E o apito de um terceiro trem iluminado soou.

— Estão correndo atrás dos primeiros viajantes? — perguntou o pequeno príncipe.

— Não correm atrás de nada — disse o manobreiro. — Estão dormindo lá dentro, ou bocejando. Apenas as crianças apertam seus narizes contra as vidraças.

— Só as crianças sabem o que procuram — disse o principezinho. — Perdem tempo com uma boneca de pano, e a boneca se torna muito importante, e choram quando ela lhes é tomada...

— Elas são felizes... — disse o manobreiro.

XXIII

— Bom dia — disse o pequeno príncipe.
— Bom dia — disse o vendedor.
Era um vendedor de pílulas especiais que saciavam a sede. Toma-se uma por semana e não é mais preciso beber.
— Por que vendes isso? — perguntou o principezinho.
— É uma grande economia de tempo — disse o vendedor. — Os peritos calcularam. A gente ganha cinquenta e três minutos por semana.
— E o que se faz com esses cinquenta e três minutos?
— O que a gente quiser...
"Eu", pensou o pequeno príncipe, "se tivesse cinquenta e três minutos para gastar, iria caminhando calmamente em direção a uma fonte..."

XXIV

Estávamos no oitavo dia de minha pane no deserto. Justamente quando bebia a última gota da minha reserva de água foi que ouvi a história do vendedor.
— Ah! — disse eu ao pequeno príncipe. — São bem bonitas as tuas lembranças, mas eu não consertei ainda meu avião, não tenho mais nada para beber, e eu também seria feliz se pudesse ir caminhando em direção a uma fonte!
— Minha amiga raposa me disse...
— Meu caro, não se trata mais da raposa!

— Por quê?

— Porque vamos morrer de sede...

Ele não compreendeu o meu raciocínio, e respondeu:

— É bom ter tido um amigo, mesmo que a gente vá morrer. Eu estou muito contente de ter tido uma raposa como amiga...

"Ele não pode avaliar o perigo", pensei. "Não tem nunca fome ou sede. Um raio de sol lhe basta..."

Mas ele me olhou e respondeu ao meu pensamento:

— Tenho sede também... Procuremos um poço...

Eu fiz um gesto de desânimo: é absurdo procurar um poço ao acaso, na imensidão do deserto. No entanto, pusemo-nos a caminho.

Já tínhamos andado horas em silêncio quando a noite caiu e as estrelas começaram a brilhar. Eu as apreciava como num sonho, porque a sede me tornara febril. As palavras do pequeno príncipe ressoavam na minha memória.

— Tu tens sede também? — perguntei-lhe.

Mas ele não respondeu à minha pergunta. Disse apenas:

— A água pode também ser boa para o coração...

Não entendi sua resposta e me calei... Eu bem sabia que não adiantava interrogá-lo.

Ele estava cansado. Sentou-se. Sentei-me junto dele. E, após uma pausa, ele disse ainda:

— As estrelas são belas por causa de uma flor que não se pode ver...

Eu respondi "É verdade" e, mantendo-me em silêncio, fixei os olhos nas ondulações da areia iluminada pela Lua.

— O deserto é belo — acrescentou...

E era verdade. Eu sempre amei o deserto. A gente se senta numa duna de areia. Não vê nada. Não escuta nada. De repente, alguma coisa irradia no silêncio...

— O que torna belo o deserto — disse o principezinho — é que ele esconde um poço em algum lugar.

Fiquei surpreso por compreender de repente essa misteriosa irradiação da areia. Quando eu era pequeno, morava numa casa antiga, e diziam as lendas que ali fora enterrado um tesouro. Ninguém jamais conseguiu descobri-lo, nem talvez o tenha procurado. Mas isto encantava a todos. Minha casa escondia um tesouro no fundo do seu coração...

— Sim — respondi-lhe —, quer seja a casa, as estrelas ou o deserto, o que os torna belos é invisível!

— Estou contente — disse ele — que estejas de acordo com a minha raposa.

Como o principezinho adormecesse, tomei-o nos braços e prossegui a caminhada. Estava emocionado e tinha a impressão de carregar um frágil tesouro. Parecia-me mesmo não haver na Terra nada mais frágil. Observava, à luz da Lua, aquele rosto pálido, seus olhos fechados, suas mechas de cabelo que se agitavam com o vento. E pensava: "O que eu vejo não passa de uma casca. O mais importante é invisível..."

Como seus lábios entreabertos esboçavam um sorriso, pensei ainda: "O que tanto me comove nesse príncipe adormecido é sua fidelidade a uma flor; é a imagem de uma rosa que brilha nele como a chama de uma lamparina, mesmo quando ele dorme..." E eu então o sentia ainda mais frágil. É preciso proteger a chama com cuidado: um simples sopro pode apagá-la!

E, continuando a caminhada, eu descobri o poço, ao raiar do dia.

Ele riu, pegou a corda e fez girar a roldana.

XXV

— Os homens — disse o pequeno príncipe — embarcam nos trens, mas já não sabem mais o que procuram. Então eles se agitam, sem saber para onde ir.

E acrescentou:

— E isso não leva a nada...

O poço a que tínhamos chegado não se parecia de forma alguma com os poços do Saara. Os poços do Saara são simples buracos na areia. Aquele parecia um poço de aldeia. Mas não havia ali aldeia alguma, e eu pensava estar sonhando.

— É estranho — disse eu ao principezinho. — Tudo está preparado: a roldana, o balde e a corda.

Ele riu, pegou a corda, fez girar a roldana. E a roldana gemeu como geme um velho cata-vento.

— Tu escutas? — disse o príncipe. — Estamos acordando o poço, ele canta...

Eu não queria que ele fizesse nenhum esforço:

— Deixa que eu puxo — disse eu. — É muito pesado para ti.

Lentamente icei o balde e, com cuidado, o coloquei na borda do poço. O canto da roldana ainda permanecia nos meus ouvidos, e na água ainda trêmula eu podia ver o reflexo do sol.

— Tenho sede dessa água — disse o principezinho. — Dá-me de beber...

E eu compreendi o que ele havia buscado!

Levantei o balde até sua boca. Ele bebeu, de olhos fechados. Era doce como uma festa. Aquela água era muito mais que um alimento. Nascera da caminhada sob as estrelas, do canto da roldana, do esforço do meu braço. Era boa para o coração, como um presente. Quando eu era pequeno, as luzes da árvore de Natal, a música da missa de meia-noite e a doçura dos sorrisos se refletiam nos presentes que ganhava.

— Os homens do teu planeta — disse o pequeno príncipe — cultivam cinco mil rosas num mesmo jardim... e não encontram o que procuram...

— É verdade — respondi...

— E, no entanto, o que eles procuram poderia ser encontrado numa só rosa, ou num pouco de água...

— É verdade.

E o principezinho acrescentou:

— Mas os olhos são cegos. É preciso ver com o coração...

Eu tinha bebido. Respirava normalmente. Ao amanhecer a areia é cor de mel. E a cor de mel também me fazia feliz. Por que, então, eu estava triste?

— É preciso que cumpras a tua promessa — disse baixinho o pequeno príncipe, que estava, de novo, sentado junto de mim.

— Que promessa?

— Tu sabes... A focinheira do meu carneiro... Eu sou responsável por aquela flor!

Tirei do bolso os meus esboços de desenho. O principezinho os viu e disse, rindo:

— Teus baobás mais parecem repolhos...

— Oh!

E eu caprichara tanto nos meus baobás!

— Tua raposa... as orelhas dela... parecem chifres... e são compridas demais!

Ele riu outra vez.

— Tu és injusto, meu caro, eu só sabia desenhar jiboias abertas e fechadas...

— Não faz mal — disse ele. — As crianças entendem.

Rabisquei, então, uma pequena focinheira. Mas, ao entregá-la, senti um aperto no coração:

— Tu tens planos que eu desconheço...

Ele não me respondeu. Mas disse:

— Lembras-te da minha chegada à Terra? Será amanhã o aniversário...

Depois, após um silêncio, acrescentou:

— Caí pertinho daqui...

E enrubesceu.

E de novo, sem compreender por que, eu sentia uma estranha tristeza. Entretanto, ocorreu-me perguntar:

— Então não foi por acaso que vagavas sozinho, quando te encontrei, há oito dias, a quilômetros e quilômetros de qualquer região habitada! Estavas retornando ao local aonde chegaste?

Ele enrubesceu novamente.

E eu acrescentei, hesitando:

— Talvez por causa do aniversário?...

O principezinho ficou mais vermelho. Não respondia nunca às perguntas. Mas quando a gente enrubesce, é o mesmo que dizer "sim", não é verdade?

— Ah! — disse-lhe eu. — Eu tenho medo...

Mas ele me respondeu:

— Tu deves agora trabalhar. Voltar para teu aparelho. Espero-te aqui. Volta amanhã de noite...

Mas eu não estava seguro. Lembrava-me da raposa. A gente corre o risco de chorar um pouco quando se deixou cativar...

XXVI

Havia, ao lado do poço, a ruína de um velho muro de pedra. Quando voltei do trabalho, no dia seguinte, vi, de longe, o meu pequeno príncipe sentado no alto, com as pernas balançando. E o escutei dizer:

— Tu não te lembras então? Não foi bem este o lugar!

Uma outra voz lhe respondeu, porque ele replicou em seguida:

— Não! Não estou enganado. O dia é este, mas não é este o lugar...

Prossegui em direção ao muro. Não enxergava nem ouvia ninguém a não ser ele... No entanto, o principezinho replicou novamente:

— ... Está bem. Tu verás na areia onde começam as marcas dos meus passos. Basta me esperar. Estarei lá esta noite.

Estava a vinte metros do muro e continuava a não ver nada. O pequeno príncipe disse ainda, após um silêncio:

— O teu veneno é do bom? Estás certa de que não vou sofrer por muito tempo?

Parei, o coração apertado, ainda sem compreender nada.

— Agora, vai-te embora... — disse ele. — Eu quero descer!

Então baixei os olhos para o pé do muro e dei um salto! Lá estava, erguida para o principezinho, uma dessas serpentes amarelas que nos liquidam em trinta segundos. Rapidamente procurei o revólver no bolso. Mas, percebendo o barulho, a serpente deslizou pela areia, como um esguicho de água que de repente seca, e vagarosamente se enfiou entre as pedras com um leve tinir metálico.

Cheguei ao muro a tempo de segurar nos braços o meu caro príncipe, pálido como a neve.

— Que história é essa? Tu conversas agora com as serpentes?

Afrouxei o nó do lenço dourado que ele sempre usava no pescoço. Molhei sua testa. Dei-lhe de beber. E agora não ousava perguntar-lhe mais nada. Olhou-me seriamente e abraçou o meu pescoço. Sentia o seu coração bater de encontro ao meu, como o de um pássaro morrendo, atingido por um tiro. Ele me disse:

— Estou contente de teres consertado o defeito de tua máquina. Vais poder voltar para casa...

— Como soubeste?

Eu vinha justamente avisar-lhe que, contra toda expectativa, havia conseguido realizar o conserto!

Ele não respondeu à minha pergunta, mas acrescentou:

— Eu também volto hoje para casa...

Depois, tristonho, disse:

— É bem mais longe... bem mais difícil...

Eu percebia claramente que algo de extraordinário se passava. Apertava-o nos braços como se fosse uma criancinha; mas tinha a impressão de que ele ia deslizando num abismo, sem que eu nada pudesse fazer para detê-lo...

Seu olhar estava sério, vagando no além:

– Agora, vai-te embora... – disse ele. – Eu quero descer!

— Tenho o teu carneiro. E a caixa para o carneiro. E a focinheira...

E ele sorriu com tristeza.

Esperei muito tempo. Sentia que seu corpo, aos poucos, se reaquecia:

— Meu caro, tu tiveste medo...

É claro que tivera. Mas ele sorriu docemente.

— Terei mais medo ainda esta noite...

O sentimento do irremediável me fez gelar de novo. E eu compreendi que não poderia suportar a ideia de nunca mais escutar aquele riso. Ele era para mim como uma fonte no deserto.

— Meu caro, eu quero ainda escutar o teu riso...

Mas ele me disse:

— Faz já um ano esta noite. Minha estrela estará exatamente sobre o lugar aonde cheguei no ano passado...

— Meu caro, essa história de serpente, de encontro marcado, de estrela, não passa de um pesadelo, não é mesmo?

Mas ele não respondeu à minha pergunta. E disse:

— O que é importante não se vê...

— Sim, eu sei...

— É como com a flor. Se tu amas uma flor que se acha numa estrela, é bom, de noite, olhar o céu. Todas as estrelas estarão floridas.

— É verdade...

— É como a água. Aquela que me deste para beber parecia música, por causa da roldana e da corda... Lembras como era boa?

— Sim, lembro-me...

— À noite, tu olharás as estrelas. Aquela onde moro é muito pequena para que eu possa te mostrar. É melhor assim. Minha estrela será para ti qualquer uma das estrelas. Assim, gostarás de olhar todas elas... Serão todas tuas amigas. E, também, eu lhe darei um presente...

E ele riu outra vez.

— Ah! Meu caro, meu querido amigo, como eu gosto de ouvir esse riso!

— Pois é ele o meu presente... será como a água...

— Que queres dizer?

— As pessoas veem estrelas de maneiras diferentes. Para aqueles que viajam, as estrelas são guias. Para outros, elas não passam de pequenas luzes. Para os sábios, elas são problemas. Para o empresário, eram ouro. Mas todas essas estrelas se calam. Tu, porém, terás estrelas como ninguém nunca as teve...

— Que queres dizer?

— Quando olhares o céu à noite, eu estarei habitando uma delas, e de lá estarei rindo; então será, para ti, como se todas as estrelas rissem! Dessa forma, tu, e somente tu, terás estrelas que sabem rir!

E ele riu mais uma vez.

— E quando estiveres consolado (a gente sempre se consola), tu ficarás contente por teres me conhecido. Tu serás sempre meu amigo. Terás vontade de rir comigo. E às vezes abrirás tua janela apenas pelo simples prazer... E teus amigos ficarão espantados de ver-te rir olhando o céu. Tu explicarás então: "Sim, as estrelas, elas sempre me fazem rir!" E eles te julgarão louco. Será uma peça que te prego...

E riu de novo.

— Será como se eu lhe houvesse dado, em vez de estrelas, montes de pequenos guizos que sabem rir...

E riu de novo. Depois, ficou sério:

— Esta noite... por favor... não venhas.

— Eu não te deixarei.

— Eu parecerei estar sofrendo... parecerei estar morrendo. É assim. Não venhas ver. Não vale a pena...

— Eu não te abandonarei.

Mas ele estava preocupado.

— Se eu lhe peço isto... é também por causa da serpente. As serpentes são más. Podem morder apenas por prazer...

— Eu não te abandonarei.

Mas uma coisa o tranquilizou:

— É verdade que elas não têm veneno para uma segunda mordida...

Naquela noite, não o vi partir. Saiu sem fazer barulho. Quando consegui alcançá-lo, ele caminhava decidido, num passo rápido. Disse-me apenas:

— Ah! Aí estás...

E segurou minha mão. Mas preocupou-se de novo:

— Fizeste mal. Tu sofrerás. Eu parecerei estar morto, e isso não será verdade...

Eu me calara.

— Tu compreendes. É muito longe. Eu não posso carregar este corpo. É muito pesado.

Eu continuava calado.

— Mas será como uma velha concha abandonada. Não tem nada de triste numa velha concha...

Fiquei mudo.

Ele perdeu um pouco da coragem. Mas fez ainda um esforço:

— Será lindo, sabes? Eu também olharei as estrelas. Todas as estrelas serão como poços com uma roldana enferrujada. Todas as estrelas me darão de beber...

Eu continuava mudo.

— Será tão divertido! Tu terás quinhentos milhões de guizos, eu terei quinhentos milhões de fontes...

E ele também se calou, porque estava chorando...

— É aqui. Deixa-me ficar só.

E sentou-se, porque tinha medo. Disse ainda:

— Tu sabes... minha flor... eu sou responsável por ela! Ela é tão frágil! Tão ingênua! E tem apenas quatro pequenos espinhos para defendê-la do mundo...

Eu me sentei também, pois não conseguia mais ficar de pé.

Ele disse:

— Pronto... É isso...

Hesitou ainda um pouco, depois levantou-se. Deu um passo. Eu... eu não podia mover-me.

Houve apenas um clarão amarelo perto da sua perna. Permaneceu, por um instante, imóvel. Não gritou. Tombou devagarinho, como tomba uma árvore. Não fez sequer barulho, por causa da areia.

XXVII

E agora já se passaram seis anos... Jamais contara esta história. Os companheiros que me encontraram quando voltei ficaram contentes de me ver são e salvo. Eu estava triste, mas lhes dizia: "É o cansaço..."

Agora já me conformei um pouco. Mas não completamente. Tenho certeza de que ele voltou ao seu planeta, pois, ao raiar do dia, não encontrei o seu corpo. Não era um corpo tão pesado assim... E gosto, à noite, de escutar as estrelas. É como ouvir quinhentos milhões de guizos...

Mas eis que acontece uma coisa extraordinária. Na focinheira que desenhei para o pequeno príncipe, esqueci de juntar a correia de couro! Ele não poderá jamais prendê-la no carneiro. E então eu pergunto: "O que terá acontecido no seu planeta? Talvez o carneiro tenha comido a flor..."

Tombou devagarinho como tomba uma árvore.

Às vezes penso: "Certamente que não! O principezinho guarda sua flor todas as noites na redoma de vidro e vigia atentamente seu carneiro..." Então, eu me sinto feliz. E todas as estrelas riem docemente.

Ou penso: "Às vezes a gente se distrai e isso basta! Uma noite ele se esqueceu de colocar a redoma de vidro ou o carneiro saiu de mansinho, no meio da noite, sem que fosse notado..." E todos os guizos então se transformam em lágrimas!...

Eis aí um grande mistério. Para vocês, que também amam o pequeno príncipe, como para mim, todo o Universo fica diferente se, em algum lugar que não sabemos onde, um carneiro que não conhecemos comeu ou não uma rosa...

Olhem o céu. Perguntem a si mesmos: o carneiro terá ou não comido a flor? E verão como tudo fica diferente...

E nenhuma pessoa grande jamais entenderá que isso possa ter tanta importância!

Esta é, para mim, a mais bela e a mais triste paisagem do mundo. É a mesma da página anterior. Mas desenhei-a de novo para mostrá-la bem. Foi aqui que o pequeno príncipe apareceu na Terra, e depois desapareceu.

Olhem atentamente esta paisagem para que estejam certos de reconhecê-la, se viajarem um dia pela África, através do deserto. E se passarem por ali, eu lhes peço que não tenham pressa e esperem um pouco bem debaixo da estrela! Se, de repente, um menino vem ao encontro de vocês, se ele ri, se tem cabelos dourados, se não responde quando é perguntado, adivinharão quem ele é. Façam-me então um favor! Não me deixem tão triste: escrevam-me depressa dizendo que ele voltou...

Este livro foi impresso em 2024, para a HarperKids pela Assahi.
O papel do miolo é offset 75g/m², e o da capa é Couchê 250g/m².